인스타그램 @siwoo.poem

박상환 작가의 시집

「당신을 글썽인 오늘」

짝사랑과 이별의 아련함을

담은 91편의 사랑시를

AI그림과의 콜라보를 통해

아름답게 그려내었다.

당신을 글썽인 오늘

박상환 시집

차 례

짝사랑에 관한

확신 _11 / 계곡 _13 / 닿지 않음 _14 / 이상형 _15

두통 _17 / 아픔과 사랑 _19 / 서글픔 _20 /여행길 _21

짝사랑이 힘든 이유 _23 / 외톨이 _24 / 마음의 호수 _27

떼쓰는 아이 _28 / 두려움 _29 / 새로운 아픔 _30

사라지지 않는 마음 _31 / 마음 _33 / 평생을 _34

진실의 편에 서는 것 _36 / 상냥한 새 한 마리 _39 / 노력 _40

이별에 관한

자격 _43 / 당신을 글썽인 오늘 _45 / 캐럴 _47 / 후회 _48
눈사람 _51 / 길치 _52 / 네 물건 _53 / 그 시간 _55
깨달음 _56 / 막걸리 _57 / 선물 _59 / 숨결 _60
2층 카페 _61 / 단풍 _63 / 무인도 _65 / 밝은 빛 _67
인형 _68 / 전동차 _69 / 유채꽃밭 _71 / 눈썰매 _72
좋았던 기억 _73 / 글자 없는 소설 _75 / 구름 _77
말해줄걸 _78 / 다행이야 _79 / 사진 _81 / 외로움 _83
오래된 나무 _85 / 꿈속 _86 / 내가 준 상처 _87
근처 공원 _89 / 낙엽 _90 / 산사태 _91 / 가을비 _93
덧칠 _95 / 그릇 _96 / 요즘의 일상 _97 / 이유 _98
메시지 _99 / 겨울 _101 /힘든 하루 _103 / 따라 쓰기 _104
말다툼 _105 / 안개비 _107 / 새벽 별 _109

약속 시간 _110 / 보드게임 카페 _111 / 가을밤 _113
벌 _114 / 장난감 _115 / 보석 _117 / 아픈 날 _118
여행 _119 / 함께 가던 곳 _120 / 주말 _121 / 진통제 _123
비 오는 날 _125 / 영화 주제가 _126 / 바비큐 파티 _127
떡볶이 _128 / 꽃다발 _129 / 벚꽃놀이 _131 / 편지 _132
가을 아침 _133 / 어린 왕자 _135 / 너의 세상 _137
너를 잃은 오후 _138 / 미안해 _139 / 고마워 _141
안녕 _142

에필로그

한 아이의 엄마가 된 너에게 _144

짝사랑에 관한

확신

창문이 열려 있어 빗소리에 잠이 깼다
비몽사몽 침대에서 일어나
눈을 비비고 창문을 닫았다

졸리고 귀찮아서 경황없던 그때
갑자기 이유 없이 그녀 생각이 났다
그리고 잠시 후 가슴이 먹먹해졌다

그때 나는 알았다
그녀가 내 안에 이미
들어와 있었구나
그녀는 내게
그런 사람이 되었구나

계곡

시원하고 맑은 계곡물에
발을 담가 첨벙일 때
내 마음을 간질이는 건

나뭇잎 사이 눈 부신 햇살
향긋한 여름꽃 향기
수풀이 부딪치는
바람의 속삭임
장난치듯 헤엄치는
송사리의 미끄럼

그리고 떠오르는
그녀의 미소

닿지 않음

가장 소중한 빛을 당신에게 보내는데
그대의 눈가에는 닿지 않나 보네요

바람에 실어 노랫소리를 보내는데
그대의 귓가에는 닿지 않나 보네요

스치는 인연에도 닿아주질 않으니
떨리는 이 마음 전해질 길 없네요

이상형

사랑에 빠지는 건
이상형과는
아무런 상관이 없더라

그 사람이 나의
이상형이어서
좋아진 게 아니라

그냥 그 사람이 좋아지니
그 사람의 모든 것이
좋아지게 되더라

두통

문득 아무런 예고도 없이
머리가 아파 올 때가 있다
약을 먹고 몸을 편히 해 보아도
작정이라도 한 것처럼 아파 올 땐
나도 어쩔 수가 없다

문득 아무런 예고도 없이
그녀가 생각날 때가 있다
이러면 안 되는데 하고 마음을 다잡다가도
당연하다는 듯 내 머릿속을 꿰차고 있으면
그건 나도 어쩔 수가 없다

내 머리도 내 것이고 내 생각도 내 것인데
무엇 하나 내 마음대로 되는 것이 없다
문득 찾아오는 손님들은
그렇게 다들 제멋대로인가 보다

아픔과 사랑

그녀가 나 때문에
아프지 않았으면 좋겠다고
생각하는 것이 사랑일까

아니면 나 때문에
아팠으면 좋겠다고
생각하는 것이 사랑일까

서글픔

눈을 뜨고
처음 생각나는 사람이
그 사람이 된 지
벌써 오래되었습니다

그 사람을 에워싸고 있는
분위기가 그리워
당장이라도 그 사람 곁에
가고만 싶습니다

차라리 그 사람을 미워했더라면
이렇게 아프지는 않았을까요

내가 사랑하는 사람이
나를 사랑해 줄 수 없다는 사실이
이토록 서글픈 일인지
미처 몰랐습니다

여행길

어느 날 문득 혼자 여행을 떠났다

떠나는 터미널에서 책을 한 권 골랐다

마침 그 책은 사랑에 관한 에세이였고

마침 나는 짝사랑을 하고 있었다

그래서 나는 여행하는 내내

그녀 생각을 할 수밖에 없었다

원래 혼자에 익숙한 나인데

이번 여행은 사무치게 외로웠다

여행하는 순간순간마다

그녀 생각이 떠나질 않았다

잘못 고른 책 한 권에

동행자가 늘었지만

그 여행은

혼자보다

쓸쓸했다

짝사랑이 힘든 이유

짝사랑이 힘든 이유는
내가 나를 사랑하기
힘들게 만들기 때문이다

좋아하는 사람이
나를 좋아해 주지 않는다는 사실은
내가 사랑받을 자격이
없는 사람인 것처럼
느끼게 만든다

특별하게 여기는 사람이
나를 평범하게 대하는 순간
나는 정말 그냥 평범한 사람이 된다

내가 좋아하는 사람은
저렇게나 빛나는데
사랑받지 못하는 나는
이렇게나 초라하다

외톨이

저는 외톨이였습니다
혼자 고민하고
혼자 해결하는 게 익숙했지요

먹는 것도 혼자 먹고
노는 것도 혼자 놀고
모든 시간을 혼자 보내곤 했어요
그런데 어느 순간
그러고 싶지 않아졌습니다

저의 눈을 바라보며
제 얘기를 들어주는 사람
제가 무슨 말을 하는지
세심히 귀 기울여주는 사람

모든 걸 얘기하고 싶은
그런 사람이 생겼거든요

그 사람이 무슨 생각을 하는지
그 사람이 좋아하는 것은 무엇인지
나를 어떻게 생각하는지
내가 어떻게 해야
그 사람의 마음을 얻을 수 있는지

알고 싶은 것이
너무나도 많아졌습니다
저에게도 그런 사람이
생겨버렸습니다

마음의 호수

마음을 잘 열지 않는 그대가
마음을 열어 내게 보여줬을 때
나는 그 아름다운 호수에 빠져
헤어 나올 수 없게 되었어요

그 호수가 너무 따듯하고 안락해서
계속 그곳에 머물고만 싶었죠
하지만 저는 그럴 수가 없었어요
제겐 그럴 자격이 없었으니까요

안개에 휩싸여 신비로운 그곳에
언제든 찾아가 쉬어가고 싶지만
아직도 제 자리는
보이지를 않네요

떼쓰는 아이

갖고 싶은 물건을 사달라고
조르는 아이처럼
그대를 만나게 해달라고
내 마음이 조릅니다

나긋하게 다그치는 엄마의 다정함이
저에게는 왠지 야속하게만 보입니다

욕심내고 싶은 마음은
갈 곳을 잃어 길을 헤매고

떼쓰는 아이의 울음소리만
서글프게 남습니다

두려움

사랑하는 사람에게서
미움받는 것만큼
두려운 것은 또 없더라

부담스럽게 하지 말아야 해
아무리 조심해 봐도
내 맘처럼 안 되더라

살짝 밀려났는데
닿은 곳은 멍이 들고
눈길조차 안 주는데
내 시야는 흐려지더라

상처가 고픈 풍선인 양
하루하루 숨이 막히지만
터져버릴 용기는 나질 않더라

새로운 아픔

사람 마음이라는 게
주고 싶은 만큼만 주고
받고 싶은 만큼만 받는 게
안 되는 것이었음을

나에 대해 더 얘기해주고
그녀에 대해 더 알아가고 싶은
이런 마음은 생각대로
되는 것이 아니었음을

이전에는 미처 알지 못했던 것들이
하나둘씩 정체를 드러낸다
그렇게 나는 새로운 아픔에
조금씩 익숙해진다

사라지지 않는 마음

너무 소중해서
이루어질 수 없는
마음도 있습니다

그 끝을 확인하는 건
너무 잔혹한 일이라
가슴 속 깊이 묻어야 하는
마음이 있습니다

그 마음은
흐려질지언정
사라지지 않습니다

오래도록
아주 오래도록
은은한 향기로 남아
가슴 속을 떠돕니다

마음

서늘한 밤이 찾아오면
옷깃을 여미고 바람을 맞는다

촛불을 지키는 아이의 품속처럼
간직하고픈 마음 하나가
따스하게 열기를 내민다

기분 좋은 온기에
스르륵 녹을 듯하다가도
손이라도 델까
조심조심 놓는다

달빛에 닿을 듯 활활
타오르는 모닥불처럼
어둠 속에서도 점점 더
커져만 가나 보다

평생을

더 사랑하는 사람이
언제나 을일 수밖에 없댄다
그래서 엄마는
딸을 이길 수가 없댄다

아무리 잔소리하고
아무리 불평해도
결국 딸에게 엄마는
평생 을인 셈이다

그래서 나는 그녀에게
평생 을이 되어주고 싶었다

그녀도 언젠가
평생 을이 될지 모르는데

그 옆에서 나는 그녀의
평생 을이 되어주고 싶었다

그녀가 언젠가
누군가에게 받을 상처를
내가 대신 모두
끌어안아 주고 싶었다

진실의 편에 서는 것

진실의 편에 서는 것이
항상 옳은 것만은 아니었습니다
나에게 기대오는 그 사람의 아픔을
굳이 진실이라는 이름으로
찌를 필요는 없으니까요

더 소중한 것이 무엇인지
더 간절한 것이 무엇인지
머리로 생각하기 전에
가슴이 알게 될 일입니다

이 세상이 둘로 갈라져
진실의 편과 그 사람의 편으로 나뉜다면
저는 어느 쪽을 향해야 할까요
그때에도 진실이라는 것이

그렇게도 중요할까요

진실의 편에 서서 다른 이들과 함께
돌을 던질 바에는
그 사람의 곁에 서서
함께 돌을 맞는 게
훨씬 더 나을 것 같습니다

상냥한 새 한 마리

상냥한 새 한 마리가 날아와
머리맡을 돌며 노래를 불러줍니다
어느새 눈앞에 다가와 자리를 잡고는
가만히 저의 눈을 바라봐 줍니다

따스한 호수가 보이고 노오란 꽃잎들이
바람에 흩날리는 것이 보입니다
구름이 짙게 밴 고독한 산턱의 눈들이
따사로운 햇살을 받아 반짝입니다

아무도 바라보지 않던 저의 황량한 마음에
연둣빛 새싹이 돋아납니다
언젠가 이곳에도 예쁜 꽃들이
피어날 수 있을까요?

그래서 꽃잎이 바람에 흩날리며
행복을 전할 수 있을까요?

노력

그 사람과 어울리는 사람이 되고 싶었습니다
옆에 있으면 함께 빛이 나고
이야기하면 서로 마음이 통하는
그런 사람이 되고 싶었습니다

그 사람은 너무 눈이 부셨습니다
항상 곁에 머물러 있고 싶고
항상 얘기를 나누고 싶었지만
그러기엔 제가 너무 초라해 보였습니다

그 사람과 닮은 미소를 갖고 싶었고
그 사람과 닮은 분위기를 갖고 싶었고
그 사람과 닮은 일상을 보내고 싶었고
그 사람과 닮은 사람이 되고 싶었습니다
그렇게 매일매일 노력하던 저는

어느새 그 사람과 많이 닮아 있었습니다

이윽고 이런 날이 오고야 말았지만
더 이상 그 사람은
저의 곁에 없습니다

이별에 관한

자격

나는 웃을 자격이 없어요
그녀를 놓쳤으니까요
그녀를 아프게 했으니까요

자격을 잃은 나는
소중한 것을 모두
함께 잃어버렸어요

당신을 글썽인 오늘

오늘은 혼자서 등산을 다녀왔습니다
예쁜 코스모스가 피어 있었고
색색깔 단풍잎이 아름다웠고
노란 나비가 요리조리 장난을 걸어왔습니다

중년의 부부가 함께 밤을 줍고 있었고
노년의 부부가 함께 손을 잡고 있었고
제 또래의 커플들이 웃음을 주고받으며
이런저런 이야기를 즐겁게 나누고 있었습니다

그때 당신은 무엇을 하고 있었나요?
저는 당신 생각을 하고 있었습니다
저 멀리 보이는 커플들의 행복이
어떤 빛깔인지를 알았던
그때를 생각하고 있었습니다

지금껏 괜찮았던 지난 순간순간들이
갑자기 낙엽처럼 우수수 떨어지기 시작했습니다

그리고 그 낙엽들이 돌개바람을 만나
저의 몸으로, 얼굴로, 눈으로
벌 떼처럼 맹렬하게 날아들었습니다

아득해진 정신을 간신히 부여잡고
가까운 벤치에 앉아 당신을 글썽였습니다
눈치 없이 잔망스레 날아다니던 노란 나비만
저의 곁을 지키며 위로해 주었습니다

캐럴

벌써 라디오에서 캐럴이 흘러 나와
너와 길거리를 걸으며 들었던 곡들이야
그 순간 너와 함께했던
지난겨울이 나를 관통했어

길거리에서 구경했던 액세서리들
함께 먹었던 꿀 호떡
꽁냥댔던 만화카페에서의 시간들
모든 게 나를 뚫고 지나갔어

아득해져서
정신을 차릴 수가 없었어
나의 마음은 지난겨울로 돌아가
너의 곁을 서성이고 있었어

후회

더 이상 네가 나를
사랑하지 않는다는 사실을
어렴풋이 느끼고 있을 때
너를 만나러 가는 내 가슴 속에는
불안감이 싹트고 있었어

언젠가 너를 보내줘야 할 때가
오고야 말리라는 예감이 들었던 거야
그래서 나도 모르게 조금씩
마음을 덜어내는 연습을 해왔던 거야

조금이라도 덜 상처받기 위해
비겁하게 몸을 웅크렸던 거지
그리고 나중에야 깨달았어
그건 정말 어리석은 짓이었다는 걸

어차피 덜어낸 마음은
새롭게 다시 차올랐고

재차 덜어내는 일은
힘들기만 했어

차라리 그 아까운 시간 동안
조금이라도 더 너를
사랑해 주었다면 좋았을 텐데
바보 같은 나는
후회만 하고 있어

눈사람

밤새 내린 눈이
온 세상을 하얗게 물들이고
너를 생각하는 마음이
나를 너로 물들여

긴긴밤 조용히 내리던
하얀 기억들은
아침 햇살을 받아
따갑게 반짝이고

햇빛을 무서워하는
눈사람처럼 나는 아직
까만 그늘이
필요한가 봐

길치

나는 길치였어요

우리가 여행을 떠났을 때
당신은 내 손을 잡아주었죠

빛나는 순간이었어요
작은 일에도 한껏 들떠서
아무런 걱정 없이 웃을 수 있었죠

나는 다시 길을 잃었어요
지금 내 손은
아무도 없는 허공을 헤매요

어디로 가야 할지
알 수 없는 어둠 속에서
길을 잃고 터덜터덜
걷고만 있네요

네 물건

네 손길 닿은 물건
아무것도 버리지 못해

어느 날 네가 돌아와서
서운하다고 할까 봐

그 시간

나는 아직도 그 시간에 살아

너의 옆에 앉아
영화를 보던 그때

너의 손을 잡고
길거리를 걷던 그때

너의 눈을 보고
가슴 설레던 그때

너의 마음을 품고
따듯했던 그때

깨달음

나는 몰랐어
이별하면 끝인 줄 알았어

이별 후에도 혼자서
사랑을 할 수 있다는 걸
뒤늦게 깨닫고야 말았어

막걸리

우리는 둘 다 술을 못 마셨어
어느 날 막걸리를 한번 마셔보자고
집 근처 음식점에 들어갔지

둘이 막걸리 한 주전자 시켜놓고
고기볶음을 안주 삼아 마셨어

그때 마신 막걸리가
마셔 본 술 중에서 제일 맛있었어

그래서 그런지 나는 지금도
그때의 술맛을 잊을 수가 없어

선물

너는 왜
버리지도 못할 선물을
그렇게도 많이
주었던 거니

네가 줬던 선물들
아무것도 버리지 못했어

그것들을 버리면
진짜 너를
잃어버릴 것 같아서

그것들을 버리면 내가
무너져 버릴 것 같아서

숨결

무릎에 앉아 나를 바라보던 너에게
이 세상 모든 설렘 끌어다 느꼈어

내 마음, 내 심장 모두 가져간 너에게
나의 가장 소중한 것을 맡기고 싶었어

그래서 나는 네게 내 숨결을 주었고
너는 내게 새 숨결을 주었어

2층 카페

가끔 함께 가던 카페가 있었어

2층에 반쯤 누울 수 있는 곳에서
반짝이는 경치를 봤지

예뻤어
카페의 분위기도
야외의 경치도
너의 웃는 얼굴도

그때의 벅찬 감동이
얼어있던 내 세상을 녹였어

단풍

혼자서 단풍이 한창인 곳을 다녀왔어
은은한 붉은 빛의 경치를 눈앞에 두고
문득 너를 떠올리고 말았어

같이 왔으면 참 좋았을 텐데
네가 정말 좋아했을 텐데
어느새 나는 네 생각에
푹 빠져 있었어

이런 풍경을 혼자 보고 있다는 게
서글퍼져서 서둘러 자리를 떠났어

나의 마음속 단풍은
메마른 낙엽이 되어
바스락
부서지고 있었어

무인도

너를 힘들게 하는 사람들이 참 많았어

그 사람들 모두 무인도에 보내버리고
죄 없는 사람들도 모두 보내버리고
이 세상에 우리 둘만 남았으면
좋겠다고 생각했어

요리는 해야 하니까
슈퍼 주인은 남겨두자
세계를 돌아봐야 하니까
비행기 조종사도 남겨두자

그렇게 하나둘 예외를 두다 보니 어느새
보낼 수 있는 사람이 한 명도 없어졌어
그렇게 나의 꿈은 이룰 수 없어졌어

네가 없는 무인도에 갇힌 건
나 하나뿐이었어

밝은 빛

어떻게 너는 그렇게
밝을 수 있었을까?
네 옆에 있으면서도
참 신기했어

내가 네게 가기 전에도
너의 세상은 밝았을 거야

그렇게 생각하면
조금은 마음이 놓여
내가 없어도 너의 세상은
밝게 빛나고 있을 테니까

인형

네가 놓고 간 인형이
덩그러니 남아 있어

그 인형을 볼 땐 네 생각도
같이 따라 나왔어

돌려주고 싶은데
만나자고 할 수 없어

너를 만나면
눈물부터 나올까 봐

전동차

유난히 추웠던 날이었어
바람이 매섭게 불어오던 그날
너는 전동차를 몰고 싶어 했어

신나게 달리는 너의 옆자리에서
마을 구석구석을 함께 구경했어

아이처럼 웃으면서
즐거워하던 너는
이 세상 그 누구보다
밝게 빛나고 있었어

유채꽃밭

비 내리던 날
우리의 키만큼 자랐던 유채꽃밭 사이로
꿀벌이 쉬고 있는 모습이 보였어
같은 우산 나눠 쓰며 함께 걸었던
자갈밭 위로 버드나무잎이 흔들거렸어

끝없이 펼쳐진 노란 별의 풀숲은
우리의 마음처럼 아기자기 빛났어
팔짱 낀 우리 사이 빈틈없던 공간은
어느새 팽창해 우주가 되어 버렸어

아름다운 밤하늘을 함께 보던 추억은
쓸쓸히 박제되어 흐릿하게 글썽여
살랑이는 바람에도 마음이 베어버리는
날이 선 아픔에 또 한 번 숨을 삼켰어

눈썰매

어느 날 너는 나랑
눈썰매를 타러 가자고 말했어
우리는 손을 꼭 잡고
눈썰매장으로 향했지

너는 스키를 잘 타지 못하는 나랑
눈밭에서 놀고 싶었던 거야

그렇게 무엇이든지 재밌는 걸
나와 함께 하고 싶어 했어

함께 있어 준 네가 있었기에
그 순간들이 모두 빛났어

좋았던 기억

미안해요
나는 당신과의
좋았던 기억만을 남겼어요

어쩌면 나는
어리석은 짓을
하고 있는지도 몰라요

당신을 오래도록 잊지 못한다는
커다란 대가를
치러야만 할 테니까요

글자 없는 소설

그녀는 아이처럼 명랑하고 해맑아서
그 옆에 서 있으면 나도 몰래 밝아지고
아무런 걱정도 없이
웃을 수 있었지

오늘은 무얼 할까 어디에서 뭘 먹을까
데이트 약속 잡고 그 시간을 기다리면
온 세상 꽃이 핀 듯이
기다림이 설렜지

손잡고 길 나서면 날 흐려도 눈부셨고
함께 한 공원에선 시간마저 멈췄는데
이제는 혼자인 세상
글자 없는 소설 같네

구름

자유롭고 싶었던
또 떠돌고 싶었던 나날들

그때 묵묵히 옆에 있어 주던
너의 소중함을 몰랐던 거야

바보 같이 구름을 쫓아
너를 혼자 두었던 거야

그렇게 힘들게 찾게 된 건
만날 수 없게 된
너에 대한 그리움과
끝없는 외로움뿐이었어

말해줄걸

사랑한다고 말해줄걸
보고 싶다고 말해줄걸

그때는 뭐가 그리 부끄러워서
빙빙 돌려가며 말해주지 못했을까

나에게서 그 말이 듣고 싶어서
이리저리 찔러보다가
결국은 토라지게 만들어 버린 나를
지금의 나는 용서할 수가 없어

지금 내 마음속에 있는 말들은
전해줄 수 없는 것들뿐이니까

다행이야

만나지 않으면 전해지지 않는 것

그동안 얼마나 그리워했는지
그동안 얼마나 힘들어했는지
전할 수 없어서 다행이야

이런 모습 보여주지 않아도 되어서
정말 다행이야

사진

당신과 찍었던 사진들을
다시 보게 되었어요

이런 때가 있었지
흐뭇하게 미소 지었어요

그렇게 한창 사진을 바라보다가
나도 몰래 눈물이 톡 떨어졌어요

쏟아지는 눈물에 사진들이 일렁일 때
사진 속 당신이 환하게 웃었어요

나는 다시 한번 붉어진 눈으로
당신을 떠나보내야 했어요

외로움

그녀는 혼자인 걸 싫어했다
항상 사람들을 만났고
친구들과 놀았고
모임을 즐겼다

나는 혼자인 걸 좋아했다
항상 겉돌기를 잘했고
약속을 피했고
여유를 즐겼다

그녀는 외로움이 많았고
모두에게 사랑받길 원했다
나는 외로움이 적었고
누구의 눈에도 띄고 싶지 않았다

그런 그녀와 내가 사랑을 했다
그녀가 떠나가고 이별이 남았다
나는 그녀에게 외로움을 배웠다

오래된 나무

한밤중에 오래된 나무를 찾아가
가만히 등을 기댔다

그가 견뎌온 겨울의 수만큼
위로받을 수 있을 것 같았다

그가 떠나보내야 했을
수많은 이파리와 꽃잎들과 열매들

어느새 숙연해진 마음을
나무 밑에 묻어두고 왔다

그는 늘 그래왔듯
조용히 나를 보내주었다

꿈속

당신을 떠나보내도 아침은 찾아옵니다
조금 전까지 꿈속에서 함께 있었는데
이런 이별만 벌써 몇 번째네요

아무리 겪어봐도 익숙해지지 않아요
눈을 뜨고 나서는 웃을 수가 없어요

힘겨운 오후를 버텨내고
해가 진 밤이 찾아와요

한편으로는 두려우면서도
한편으로는 기다리고 있어요
나도 모르게
그러고 있어요

내가 준 상처

지금도 내가 모르고 있는
나로 인한 당신의 눈물들
그 생각만 하면 무너져 버릴 것 같습니다

당신 덕분에 나는 행복했는데
지금도 그때의 추억으로
꾸역꾸역 살아가고 있는데

당신에게 나는 무슨 짓을 해왔던 걸까요
내가 불러온 당신의 상처가
흉터로 남지 않았기를 바라봅니다

근처 공원

너와 함께 갔던 근처 공원에
혼자서 다녀왔어

외로이 놓여 있는 벤치에 앉아
이리저리 움직이는 사람들을
가만히 바라보고 있었어

저 멀리 낯선 커플이 걸어오자
겹쳐 보이는 과거가 떠올랐어
아려오는 가슴을 간신히 억누르며
남몰래 씁쓸함을 삼켜내야 했어

혹시 너와 공원에서 마주치면
어떤 얼굴 해야 하나 잠시 고민했어
그러다 내 표정 숨길 수 없을 것 같아서
서둘러 자리를 떠났어

낙엽

봄 햇살을 머금은 연둣빛 이파리가
싱그럽게 싹을 틔웠습니다

서리를 맞고 찬바람에 시달리다
가을비를 만나 붉게 물들었습니다

물기를 잃어 바싹 마른 낙엽은
나무를 떠나 여행을 떠납니다

아무런 의미를 찾을 수 없는
혼자만의 여행을

산사태

차라리 우리가 마음 놓고
싸웠다면 좀 나았을까?

조금씩 서운함을 위로 얹어가며
무너지지 않기만을 바랐던 거야

미뤄 둔 다툼이 무엇이 되어 돌아올지
애써 외면하며 지냈던 거야

그렇게 다가온 무거운 이별은
산사태처럼 쏟아진 거야

가을비

혼자 있는 방안에서
빗소리를 듣고 있어

가을비가 적시는 건
흙뿐만이 아닐 거야

차가운 빗물의 창끝은
온 세상을 찌르고 있어

덧칠

언제부터인가
하루하루를
살아가는 것이 아니라
견디어 내고 있다

나아가는 것이 아니라
버티어 내고 있다

잊어가는 것이 아니라
덧칠해 가고 있다

그릇

너는 항상 거침이 없었고
나는 항상 조마조마했어

너는 우선 행동에 옮겼고
나는 일단 고민부터 했지

우리는 그렇게 달랐던 거야
그 다름이 서로를 아프게 했던 거야

내가 조금 더 큰 사람이었다면
모든 걸 품어줄 수 있었을 텐데

그럴 수 없었던 나는
널 가질 그릇이 안 되었던 거야

요즘의 일상

예전엔 너에게 잘 보이고 싶어서
단정히 머리를 정리하고
괜찮은 옷을 사 입고
열심히 운동을 했어

지금은 뭘 하든 대충대충이야
머리 깎는 것도 미루고
옷 입는 것도 신경 안 쓰고
운동도 잘 안 해

네가 있었다면
잔소리 많이 했을 텐데
고요한 요즘의 일상이
밤하늘처럼 시려 와

이유

사람이 사람을 좋아하는 것에
무슨 이유가 있겠어

사람이 사람을 그리워하는 것에
무슨 이유가 있겠어

그냥 그런 거야

우리의 사랑이 끝난 것처럼
그리움도 끝날 날이 오겠지

메시지

잘 잤어?

주말에 놀러 갈래?

우리 뭐 먹을까?

보고 싶은데 잠깐 볼래?

보내지 못한 메시지가

쌓여 간다

보내지 못한 마음이

멍울져 간다

겨울

너의 손은 차가워서
손을 잡고 있으면
기분 좋은 시원함이 밀려왔어

겨울에는 핫팩을 사서
같이 쓰곤 했지
너의 주머니에 손을 넣고
함께 길을 걷기도 했어

겨울은 추웠지만
우리에겐 따스함이 있었어
추우면 추울수록
붙어 있어야만 했어

겨울이 아니어서
떨어지게 되었을까?
언제까지고 겨울만
계속되면 좋았을 텐데

힘든 하루

당신의 오늘은 어땠나요?

누군가 당신을 힘들게 할 때면
언제나 말해주곤 했었는데

그 많은 힘든 일들을
어떻게 견뎌내고 있나요?

당신의 힘든 일을 듣지 못한 오늘이
내게는 너무나도 힘든 하루였네요

따라 쓰기

한글을 처음 배울 때
따라 쓰기 하던 것이
기억나네요

그리움도 따라 쓰기를
하다 보면 언젠가
익숙해질 날이 올까요

말다툼

밤에 산책하던 날이었어
우리 앞으로 한 커플이
말다툼하며 걷고 있었지

그때 네가 말했어
저 커플은 헤어질 것 같다고
우리는 절대 싸우지 말자고

나는 그 말을 잊지 않았어
우리는 서로 싸우지 않도록
조심하고 또 조심했지

우리는 결국 헤어질 때까지
제대로 싸우지 못했어
무엇이 고여있는지
끝까지 확인하지 못했어

안개비

그녀를 떠나보내고

홀로 나온 밤길

자그만 들풀이 나를 보았다

가로등 불빛이

희미하게 흔들리고

물기 어린 보도블록이

조용히 출렁이고

회색빛 구름이

내 어깨를 감쌌다

돌아갈 수 없는 하얀 날숨 앞에

떠오르는 그녀의 눈빛

달빛은 조용히

안개비를

뿌리고 있었다

새벽 별

새벽의 어스름이
한 점으로 모여드는
흐릿한 빛 속에서
너의 미소 보았어

영원히 이어지길
기도하는 나의 꿈에
내민 손을 잡아주던
너의 손이 보였어

아침이 오기까지
찬란했던 그 시간이
뭉치고 또 뭉쳐서
별 뭉치로 빛났어

약속 시간

너를 기다리며 온 동네를 걸었어
약속 시간보다 너무 일찍
도착해 버린 거야

함께 들렀던 가게도 둘러보고
손잡고 거닐었던 길거리도 걸어봤어

약속 시간은 아직 한참 남았지만
나의 마음은 이미 너의 옆에 있었어

보드게임 카페

우리가 자주 가던
보드게임 카페가 있었어
사람이 늘 많았지만
남을 신경 쓸 필요는 없었어

그곳에서 함께 했던
많은 시간들이 생각나
너를 이겨보겠다고
기를 쓰지 말 걸 그랬어

한 게임이라도 더 졌어야
더 밝게 웃는
너를 볼 수 있었을 텐데

가을밤

빨갛게 붉어진
너의 두 볼
나에게 남아있는
따스한 네 숨결

가을밤의 서늘함을
모두 훔쳐내고서
그제야 붉어진
단풍잎의 질투

그때의 희미한
가로등 불빛 아래에서
우리는 그렇게
가을밤을 녹였어

벌

너를 떠나버린 나는
성실하게 벌을 받고 있어

너를 아프게 한 죄로
매일매일 빼먹지 않고
시간마다 아프고 있어

언젠가 이렇게 아프다 보면
용서받는 날도 오게 될까?

장난감

네가 만들어 준 장난감
버릴 수가 없었어

사진 찍어서 보내주던 그 순간부터
나를 수없이 미소 짓게 한 장난감
내가 그걸 어떻게 버릴 수 있었겠니

창고 깊숙한 곳에 숨겨놓았다가
가끔 꺼낼 수밖에 없게 되는 게
꼭 내 마음 같아서
더 버릴 수가 없었어

보석

너는 늘 내 시선을 훔쳤어
언제나 생기 넘치고
희망을 잃지 않고
호기심에 두 눈이 빛나고
스스로 자신감이 넘쳤어

나에게 없는 많은 것들을
당연하다는 듯 펼쳐 보여줬어

빠질 수밖에 없었던 거야
너의 그 모든 것들이
신비롭고 궁금했던 거야

너라는 반짝반짝 빛나는 보석이
너무나도 갖고 싶었던 거야

아픈 날

나의 일상엔
아픈 날이 많았어

차라리 아픈 날엔
만나지 말았어야 했는데
괜히 무리하다가
티만 내고 말았어

나의 예민함을
나만 몰랐던 거야
너에게 내 아픔을
옮기고 있었던 거야

여행

색색깔 예쁜 건물들이
오밀조밀 모여있는
마을에도 들르고

넓은 바다를 밑에 둔
케이블카에서
사진도 찍고

갈매기에게
과자를 주면서
한참을 즐거워했어
짧은 시간이었지만
참 많은 곳을 다녔어

그날의 순간들이
동화책처럼
마음속 그림으로
남아있어

함께 가던 곳

너와 함께 가던 곳에
혼자서 다녀왔어

여기서 무슨 얘기를 했었는데
여기서 네가 한번 웃었는데
여기서 너의 손을 잡았는데

어제 일처럼 뚜렷하게 기억이 나
달라진 건 내 옆에 이제
네가 없다는 사실뿐

언젠가는 흐려질 추억
한 번이라도 더
꺼내 보고 싶었어

주말

하루 종일 침대에 누워서
아무것도 안 했어

그냥 이전에 좋았던 추억들을
떠올리고 있었어

그런데 어느 순간
숨 쉬는 게 힘들어졌어

왜 이렇게 힘든 건지
알 수가 없었어

하루 종일 침대에 웅크려서
낯선 고통을 삼켜야 했어

진통제

라디오에서 그러더라
이별의 아픔에도
진통제가 통한대

가슴이 아프다는 게
비유가 아니라 정말로
가슴이 아픈 거였더라고

진통제를 사러 갈까 하다가
그만두었어

이 아픔까지가
남아있는
내 마음인 거 같아서

비 오는 날

오늘은 아침부터 어둑하더니
비가 내리기 시작했어

비 오는 날에 만나서
함께 했던 날들이 떠올랐어

우산을 같이 쓰고
공원을 걷던 그날

카페에 나란히 앉아
창밖을 보던 그날

그때 내리던 빗물은
아직도
내 마음속을 흐르고 있어

영화 주제가

너와 함께 본 영화가 있었어
유명한 주제가를 갖고 있는 영화였어

요즘도 라디오를 듣다 보면
가끔 그 노래가 흘러

주제가의 전주가 나올 때부터
나도 모르게 가슴이 뛰어

너와 함께 있던 순간들이 생각나서
뭉클해진 마음을 달래야 했어

바비큐 파티

고기를 구워야 하는데
불을 피우지 못했어

낙엽을 모아 두고
전전긍긍하고 있는데

길 가던 아저씨가
불을 피워 주었어

세상 사는 정이 이런 거구나
감사하면서도 너무 웃겼어

우리는 열심히 낙엽을 태우며
밤하늘 조명 아래
둘만의 파티를 즐겼어

떡볶이

떡볶이 먹으러 갈래?
네가 가끔 말했어

내 반응이 시큰둥해서
자주 가진 못했지

어차피 혼자서는
안 먹는 떡볶이인데

네가 가자고 할 때
자주 갈 걸 그랬어

꽃다발

네가 나를 기다려 주던 그날
혼자서 얼마나 추웠을까

일 때문에 일찍 가지 못해
너무나도 미안한 날이었어

축하받는 일에
익숙하지 못하던 내가
꽃다발 덕분에
그날을 기억해

벚꽃놀이

고개를 들어 하늘을 보면
시야 가득히
꽃송이들이 보였어

봄밤에 함박눈이 내리듯
신비한 분위기에
사로잡혀 버렸어

네 손을 잡고
꽃 거리를 걸으며
봄밤의 별들을
가슴 속에 담았어

편지

너는 편지를 좋아했어

크리스마스를 앞둔 날,

새해를 맞은 날,

100일을 맞은 날

나는 너에게 편지를 써 줬어

그냥 내 마음을

솔직하게 보여주기만 해도

괜찮은 글이 쓰이던 때였어

그런데 언제부터인가

편지를 써주지 못했어

마음이 복잡해지고

사랑이 복잡해졌어

펜이 갈 길을 찾지 못했어

미안해

그렇게도 내 편지를 좋아하던 너였는데

내 마음을 제대로 전해주지 못했어

가을 아침

가을 아침 화창한 날이야
재킷을 걸치고 길을 나섰어

나무에 매달린 단풍잎들이
이제는 별로 남지 않았어

너에 대한 마음도
조금씩 떨어지고 있는 걸까

단풍잎이 모두 떨어지면
정말로 너를 잊게 될까

그렇게 생각하니
조금 서글퍼졌어

어린 왕자

어린 왕자를 기억하는
언덕 위에 서 있어

그곳에 머무르고 있는
새내기 커플은

아무것도 모른 채
해맑게 웃고 있어

너의 세상

나의 세상은
좁고 답답했어
너의 세상은
넓고 자유로웠어

잠시나마
너의 바다에서
아무런 걱정 없이
항해할 수 있어서
행복했어

너를 잃은 오후

회색빛 하늘이
게으름을 피우던 날

네가 주었던
편지를 읽고 있었어

너를 잃은 오후에
우리의 처음을 떠올렸어

너를 잃게 된 이유가
그곳에 있었어

미안해

내 삶에 가득했던 너의 향기가
조금씩 은은해지는 요즘이야

지나고 나서야 보이는 게 있더라
더 잘해주지 못해서 미안해

너를 더 빛나게 해주고 싶었는데
그러지 못해서 미안해

끝까지 외롭지 않게 해주고 싶었는데
약속을 지키지 못해서 미안해

고마워

설렘이 어떤 건지
알게 해줘서 고마워

사랑이 어떤 건지
알게 해줘서 고마워

이제 나머지는
혼자서 배워볼게

그동안 정말
고마웠어

안녕

처음 너를 만난 순간부터
내 세상은 조금씩 밝아졌어
너와 함께한 모든 시간은
잊을 수 없는
치유의 순간들이었어

더 이상 함께 하지 못하겠지만
언제나 너의 앞날을 응원할게
우주의 모든 축복과 웃음과 행복이
너와 늘 함께하기를 바라

웃는 모습이 예뻤고
눈부시게 아름다웠고
그래서 사랑할 수밖에 없었던 너

이제는 헤어질 시간이야
잘 가
안녕!

에필로그

한 아이의 엄마가 된 너에게

안녕?

너는 그렇게 또 훌쩍

한 명의 어른이 되었구나

이 글은

좋은 사람으로 남지 못한

한 남자가 건네는

아무런 의미 없는

작은 고백 같은 거야

사실 난 아직도 너를

잊지 못한 것 같아

아니 어쩌면

잊지 않는 것 같아

아마도 너를 사랑했던

그때의 나를
놓고 싶지 않은 거겠지

너의 아이는 너를 닮아
해맑고 밝게 자라날 거야
엄마의 보석 같은 미소를 보며
영롱함을 닮아갈 거야

한때 너의 웃음을
지켜내지 못할까 봐
조마조마했던 날들이 있어

나의 다름이
나의 아픔이, 나의 부족함이
너의 웃음을 앗아갈까 봐

두려워했던 날들이 있어

너는 잘 해낼 거야
엄마의 무게감도
한 여자의 무게감도
보란 듯이 잘 감당해 낼 거야

잠시나마 너를
세상에서 가장 사랑했을지도 모르는
한 사람이 하는 말이니 믿어도 좋아

마지막으로 조용히 기도할게
이 세상 모든 행복과 축복이
너와 늘 함께하기를
웃음과 즐거움이 넘쳐나기를
모든 기쁨이 뒤따르기를

그럼 정말

안녕

..

안녕.

당신을 글썽인 오늘

초판 1쇄 발행 2023년 12월 11일
초판 1쇄 인쇄 2023년 12월 11일

지은이 박상환

디자인 포레스트 웨일
펴낸이 포레스트 웨일
펴낸곳 포레스트 웨일
출판등록 제2021 - 000014 호
주소 충남 아산시 아산로 103-17
전자우편 forestwhalepublish@naver.com

종이책 979-11-92473-85-7